sembra

questo

sembra

quello...

SALANI EDITORE

ISBN 88-8451-082-1

Copyright © 2002 Adriano Salani Editore s.r.l.
Milano, corso Italia 13
www.salani.it

Maria Enrica Agostinelli

sembra questo sembra quello...

SALANI EDITORE

È una fiamma ci scommetto . . .

. . . no, è la cresta del galletto

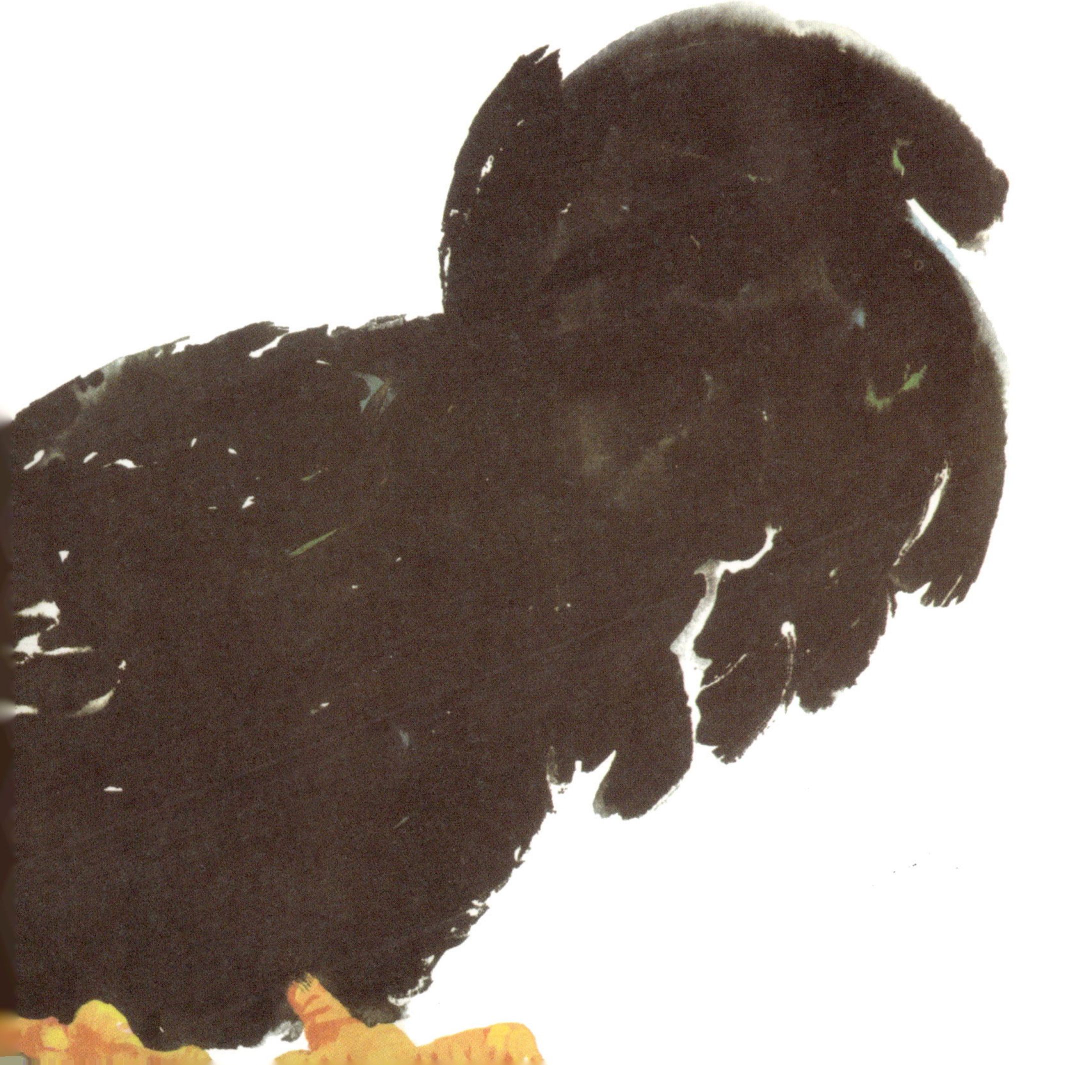

sembra proprio un fiore giallo . . .

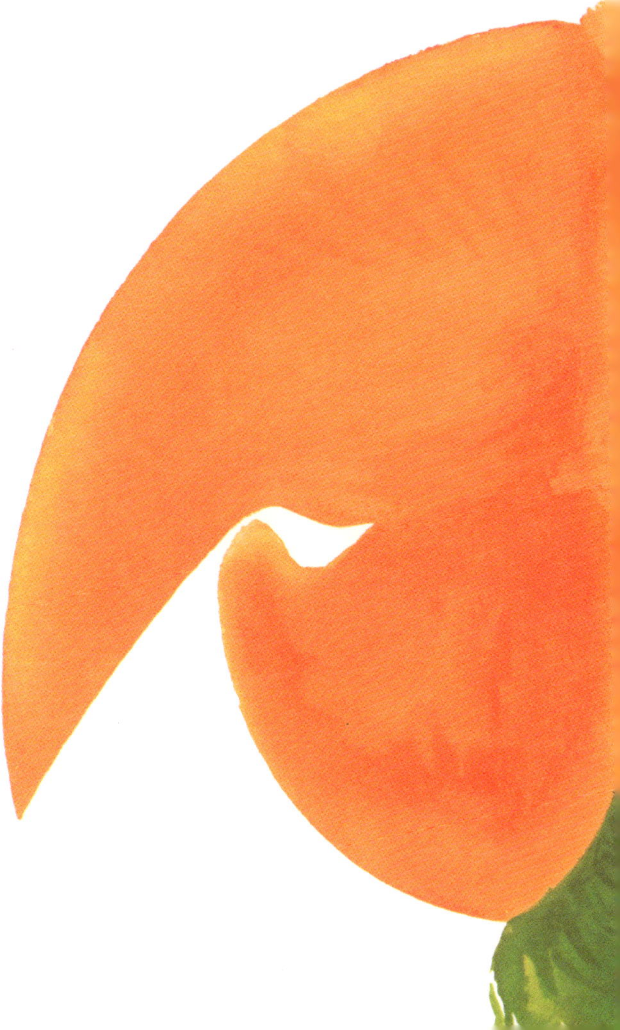

. . . no, è il becco del pappagallo

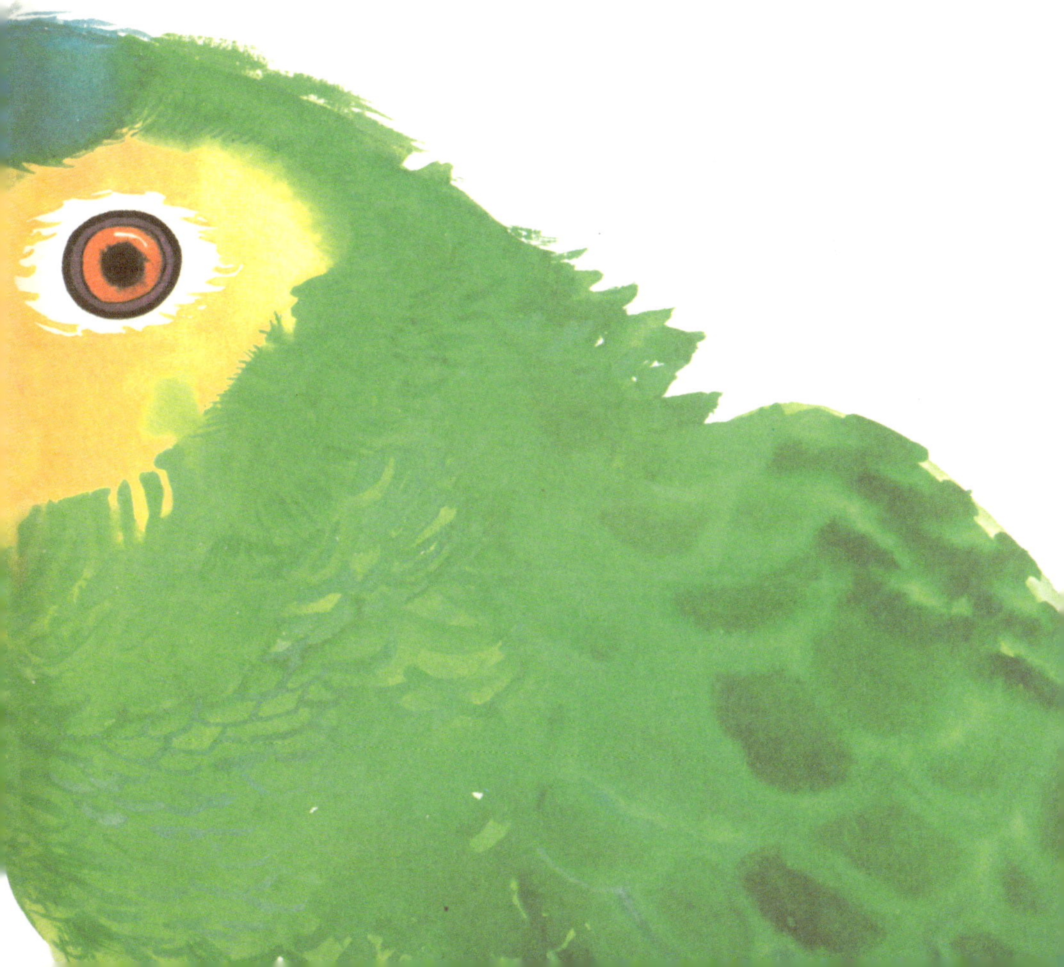

questo è certo un bel cestino . . .

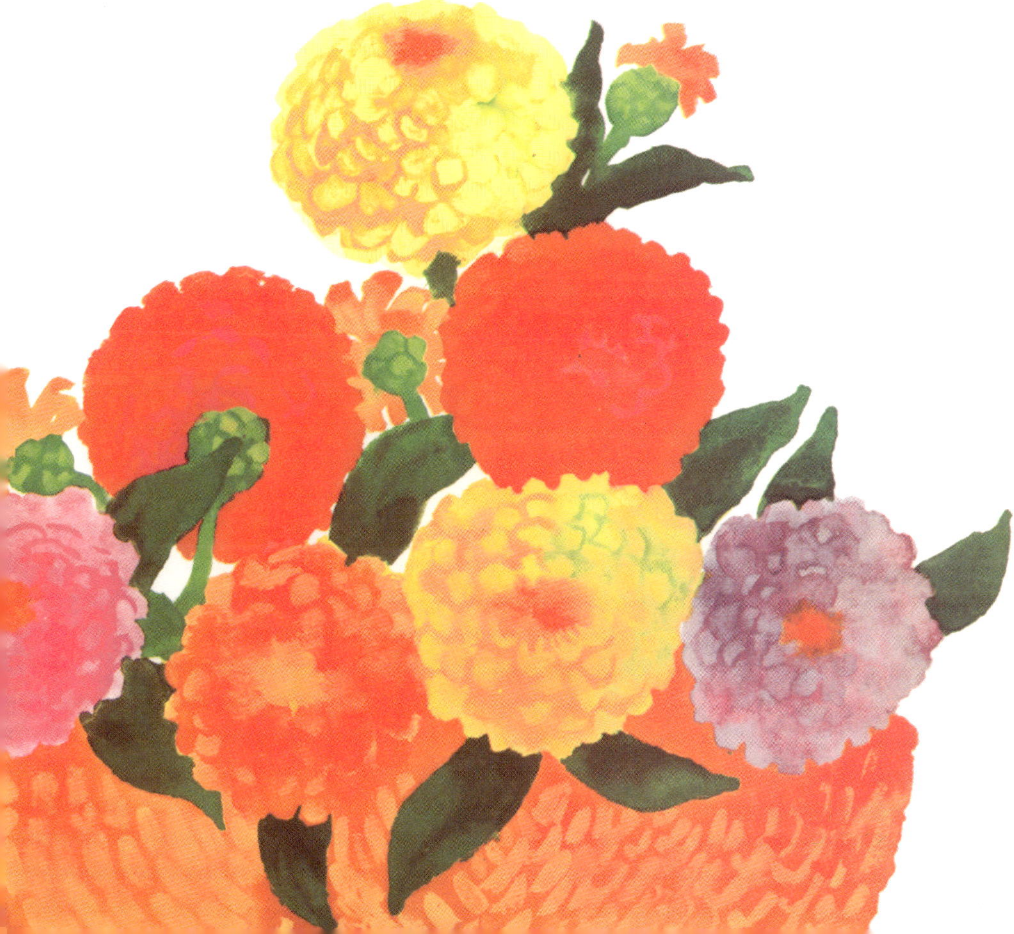

. . . no, è soltanto un cappellino

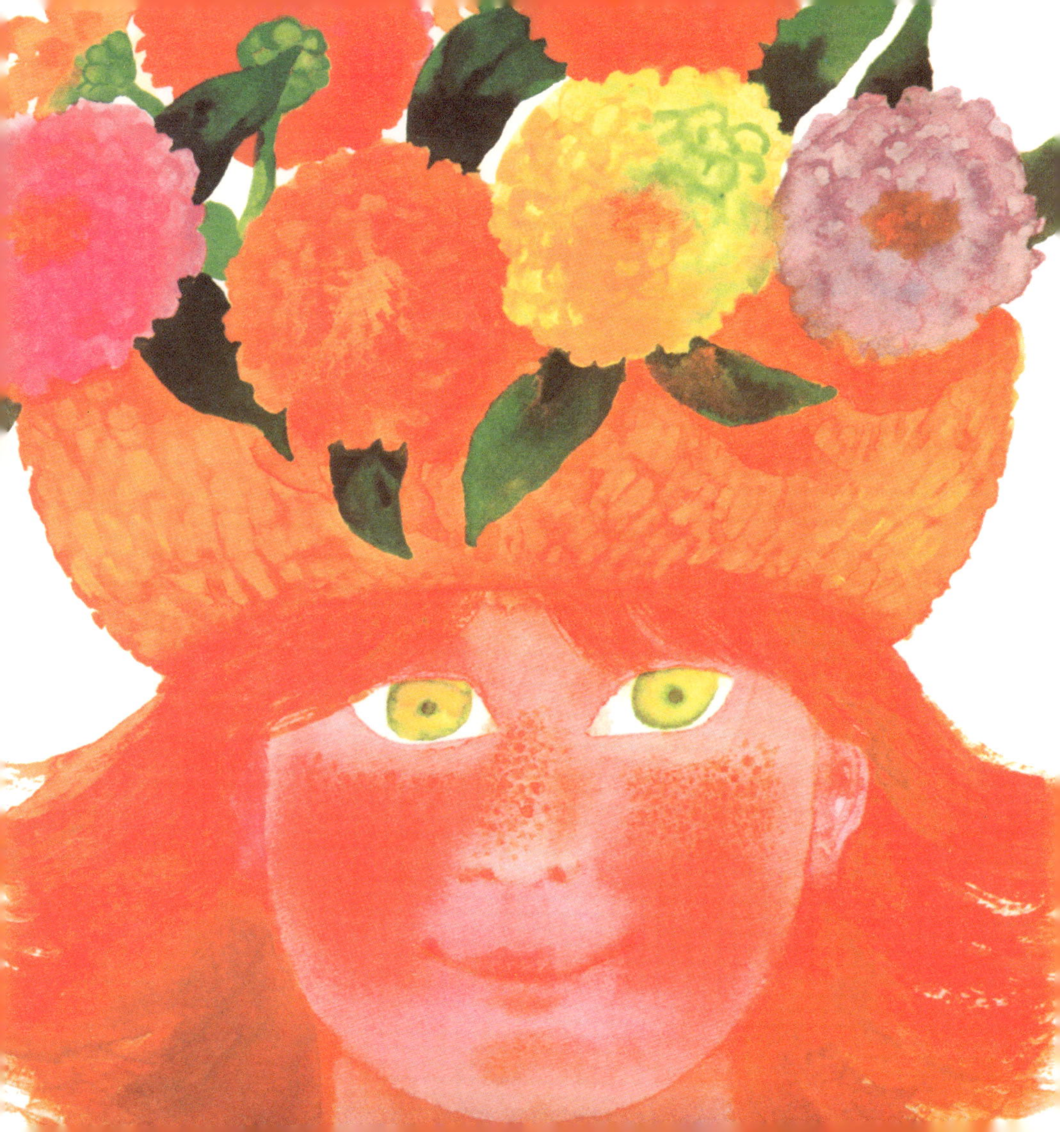

forse questo è un bel cappello . . .

. . . no, invece è un verde ombrello

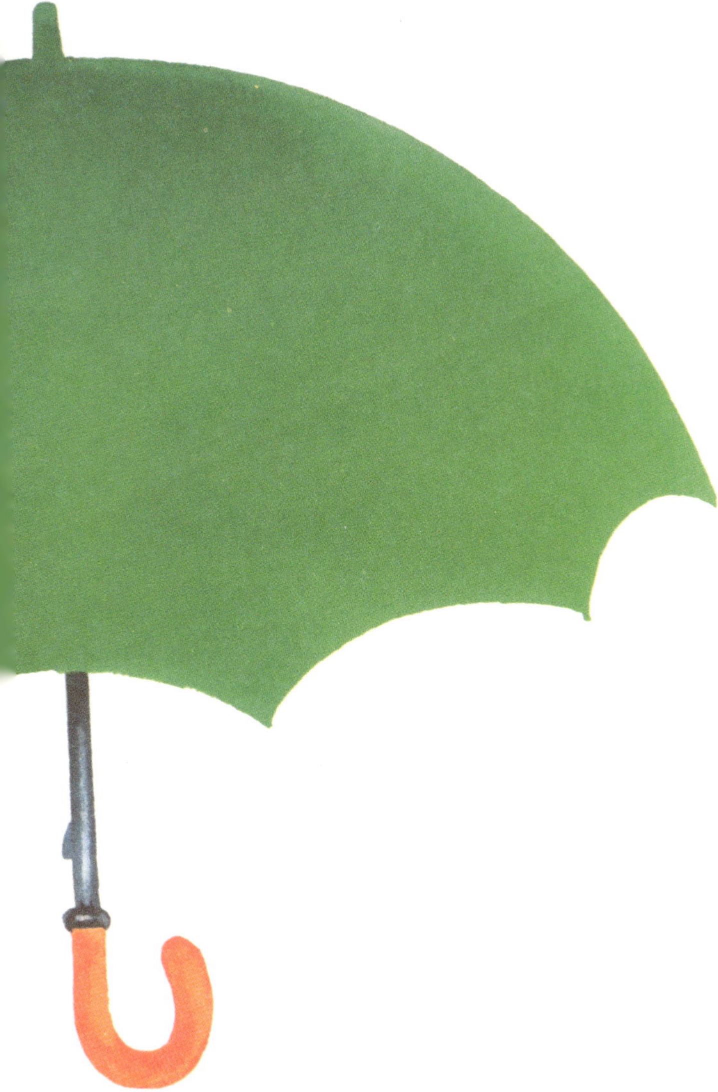

direi proprio che è un ombrello . . .

. . . no, è l'ala del pipistrello

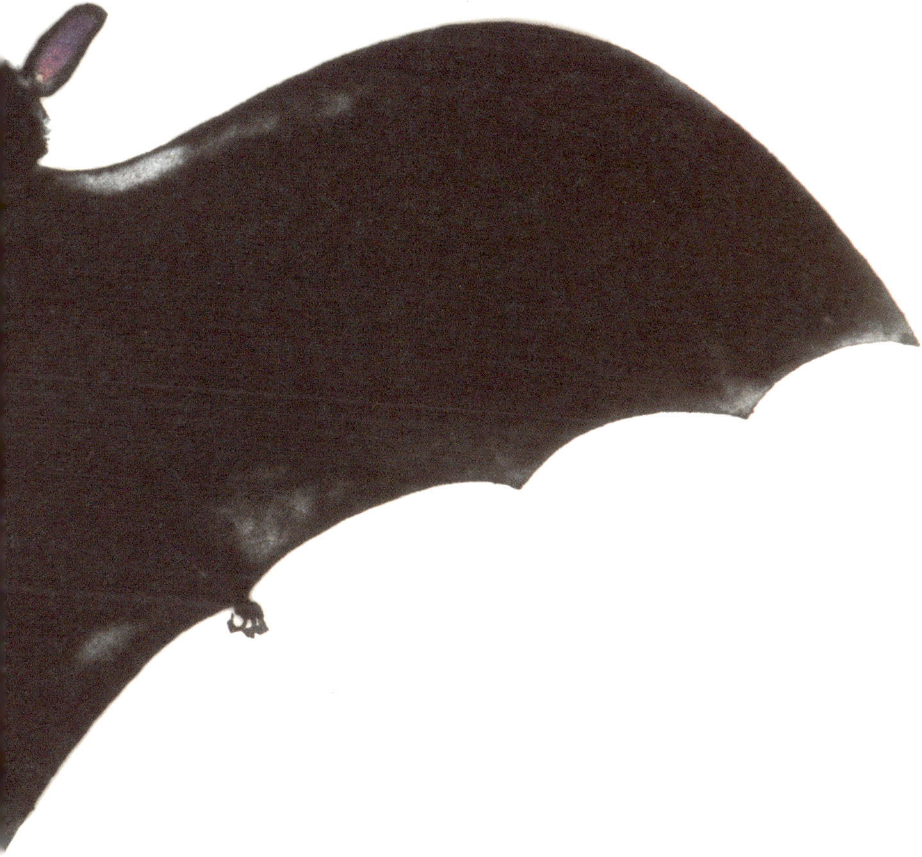

guarda, guarda un monticello . . .

. . . no, è la gobba del cammello

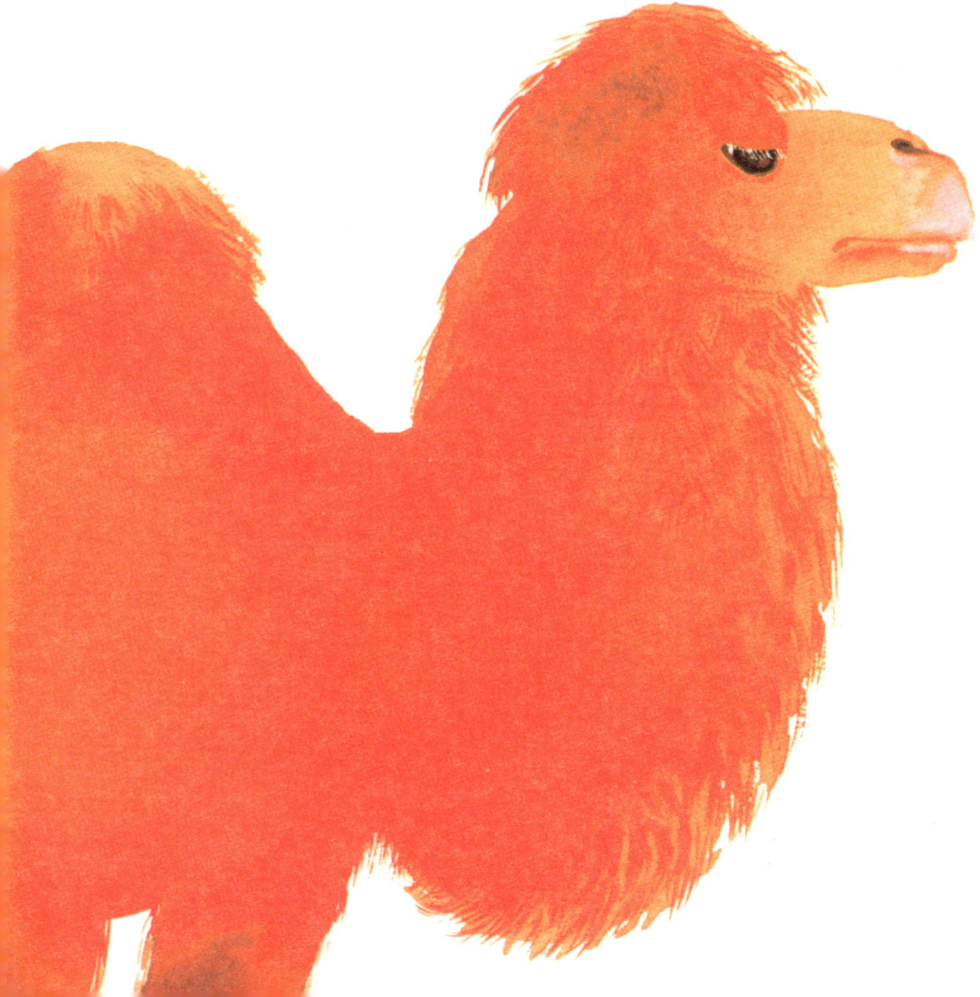

sembrerebbe una banana . .

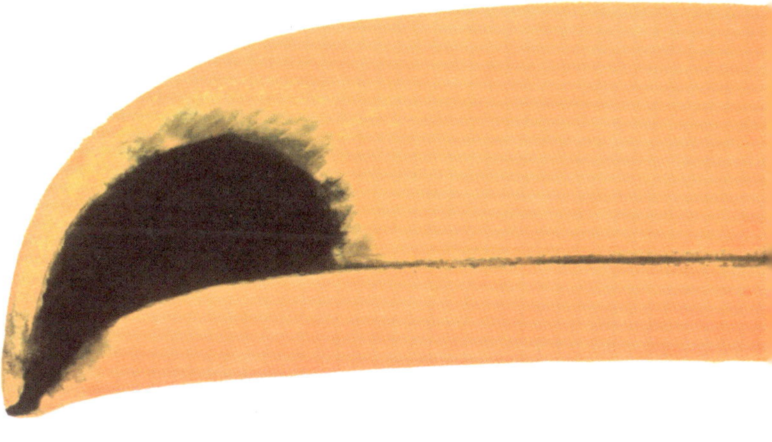

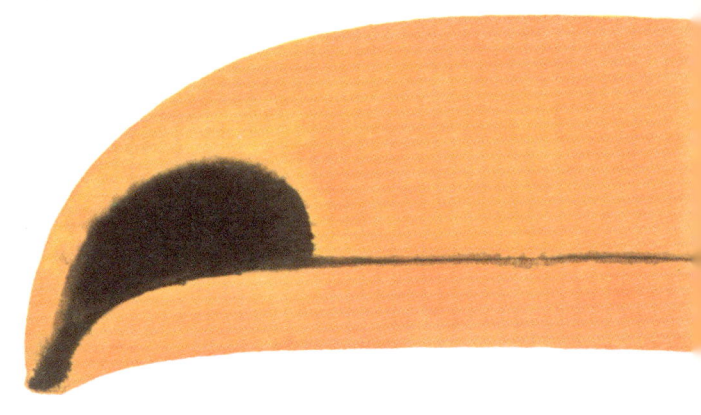

. . . no, è il becco del tucano

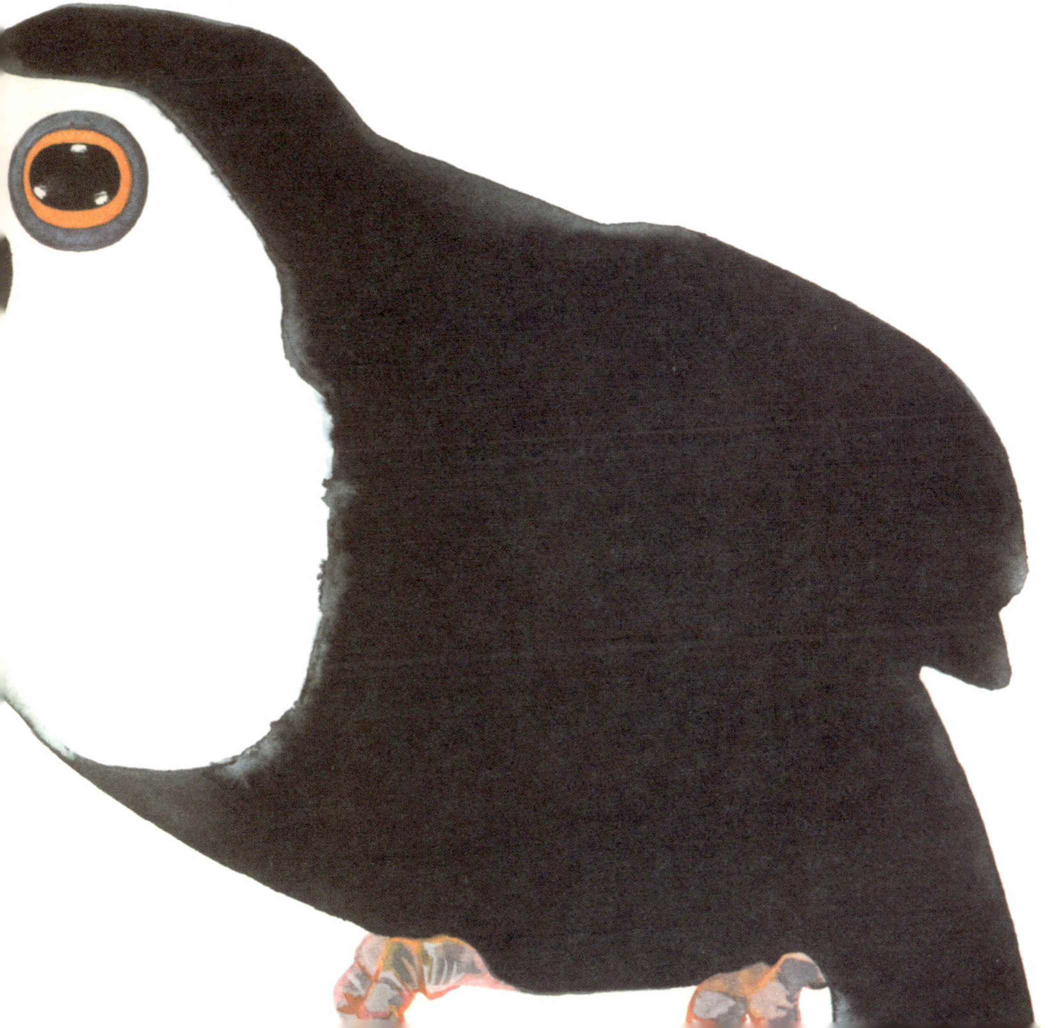

sono tronchi, sono piante . . .

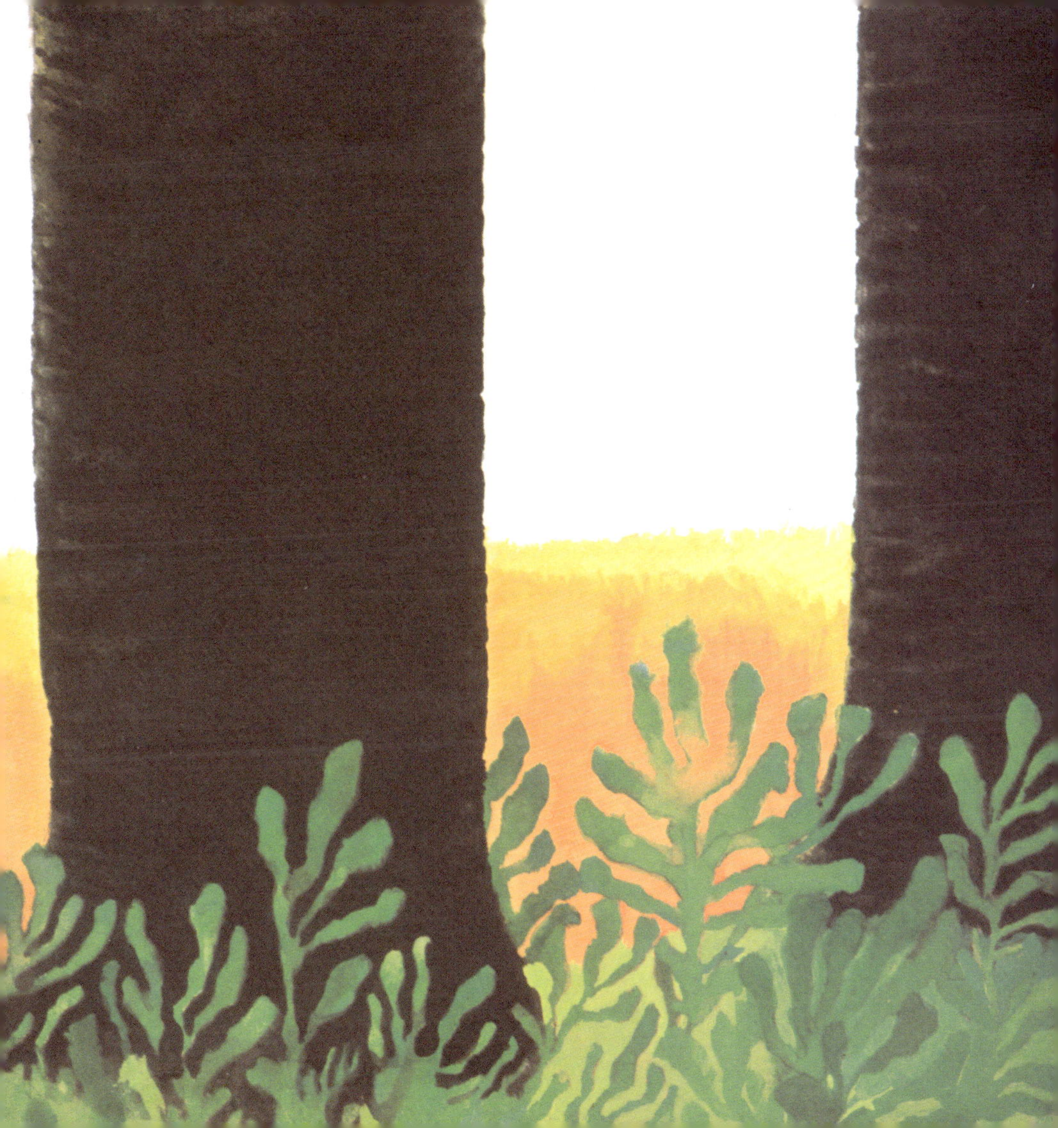

. . . no, son zampe d'elefante

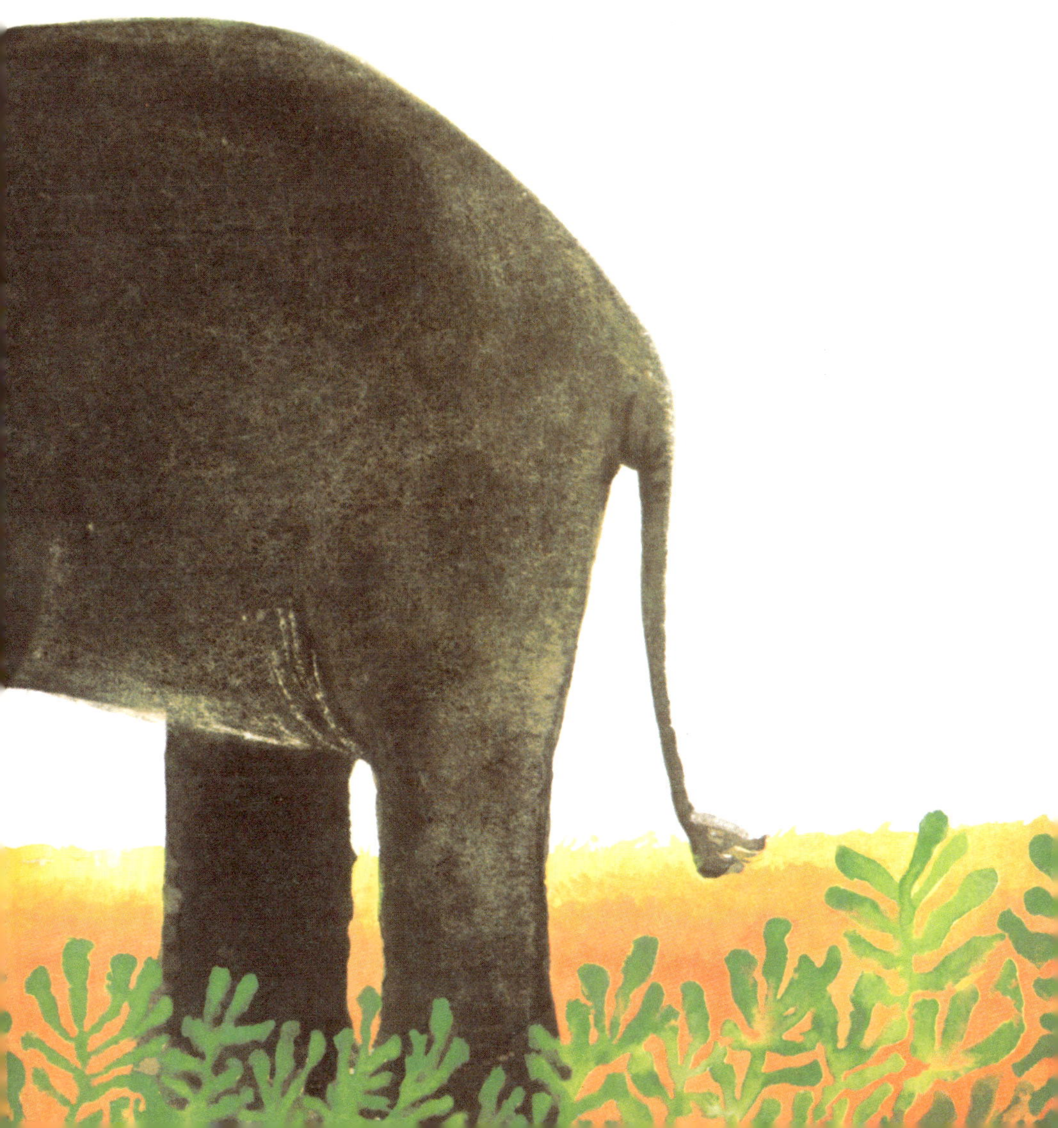

non c'è dubbio, questo è il mondo . .

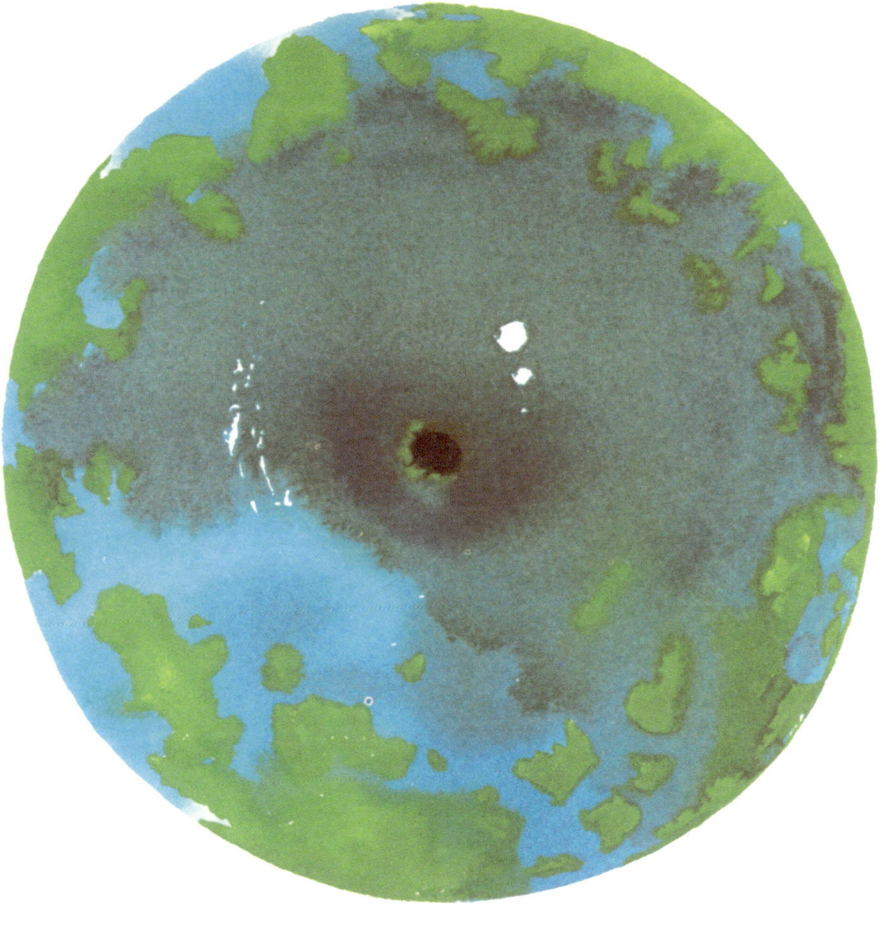

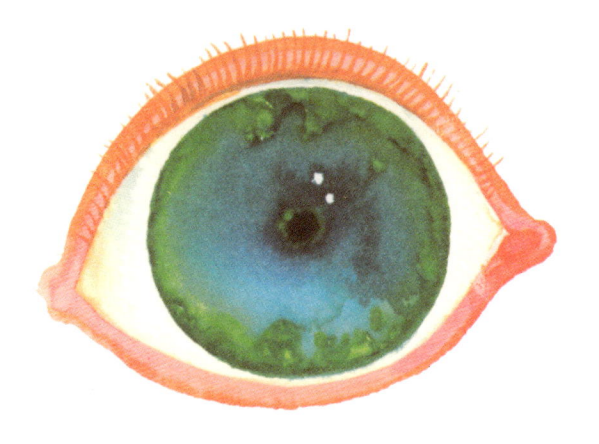

. . . no, invece è un occhio tondo   l'occhio blu del signor Ivo . .

che par buono . . .

. . . ma è cattivo

al contrario il signor Tono

            par cattivo . . .

. . . invece è buono.

Sembra questo, sembra quello...
sembra brutto, invece è bello,
sembra un cesto, ma è un cappello,
sembra un monte, ma è un cammello...
L'importante è di capire
che si può sempre sbagliare,
e che spesso non vuol dire
quel che sembra e come appare...

Finito di stampare
nel mese di marzo 2002
per conto della Adriano Salani Editore s.r.l.
da La Tipografica Varese S.p.A. (VA)
Printed in Italy